任侠俳句——八九三の五七五

吉川　潮
藤原龍一郎

まえがき

ヤクザが俳句を詠むのを意外に思う方が多いだろう。私に教えてくれたのは、ヤクザの足を洗って堅気になったA氏である。私が任侠小説を執筆した際、編集者に紹介してもらった同世代の方だ。現役時代、傷害罪で服役した折、同房に俳句をたしなむ受刑者が居て、彼に師事して句を詠むようになったそうだ。句作を見せてもらったが、ヤクザならではの視点で日常をスケッチした句や獄中で詠んだ句に、感心しきりであった。

某任侠団体の機関紙を見せてくれたのもA氏である。組織内の人事、盃事の情報、服役中の組員が仮出所する日取りなど、興味深い記事が多い中、投句欄があった。ヤクザの心情、体験をもとに詠んだものだ。そこで私はA氏に、ヤクザの俳句を集めてもらえないかと依頼した。もちろんA氏の句を含めて。快諾したA氏は、現役時代の人脈をたどって集めてくれた。A氏同様、匿名希望なので、いずれの句も「詠み人知らず」とさせてもらった。

さらに、ヤクザ関連の記事を専門に執筆している知人のライターにも協力を要請。彼が取材を通して築いた関西と広島のヤクザ人脈で、「極道俳句」とも言うべき句を集めてもらった。こちらも詠み人知らずである。

集まった句を吟味すると、A氏と同世代の詠み人が多いのか、「昭和の匂いが漂う」のが大半を占めた。若い衆の視点で詠んだ句にしても、現役でなく、己の若い頃を思い出して詠んだ句では、と拝察する。

解説を書くにあたって、百二十句余りの句すべてを私が書くと、ワンパターンになってしまう恐れがあるので、協力者を見つけた。

私が俳句を始めたのは１９９０年、イラストレーターの山藤章二氏が宗匠の「駄句駄句会」に入ってからだ。その同人であった藤原龍一郎氏に半数の解説を依頼した。駄句駄句会はすでに解散したが、２０２２年９月、藤原氏を宗匠に仰いで、「だんだん句会」を始めた。私も同人で、月に一度、例会を開いている。

そんなご縁もあって、藤原氏を頼みとしたわけだ。氏は短歌と俳句に関する著書があり、俳句に関しては私より造詣が深い。任侠俳句も、氏の解説で引き立つと考えた。

「八九三の五七五」というサブタイトルだが、ヤクザが「八九三」と表現される由来は、花札のオイチョカブで、八＋九＋三＝二十で「ブタ」。最低の数字であることからきている。ヤクザは最低の存在と軽蔑したのか、ヤクザ自身が卑下したのかは定かではない。

そんなわけで、ヤクザならではの俳句を、解説共々ご笑覧頂きたい。

吉川　潮

目次

春

如月・弥生・卯月

花曇り今日も親分《おやじ》に小言食ら

花曇りは春の季語、桜が咲く頃の曇り空をいう。桜の花は咲いていても、曇天であるから気分的には沈んでいる。そこへ親分の小言である。今日も、とあるので、連日の小言なのだろう。見逃してもいいような些細なミスへの小言、鬱陶しいとしか言いようがない。小言を言われる立場の者の視点から、花曇りという日本的美意識の陰翳を期せずして表現し得ていると思う。（藤）

春寒し抗争《でいり》の終わりまだ見えず

ウクライナを始めとする地球上の様々な地で継続している戦争の状況と重なってくる。２０２２年の春に始まった組と組との争いが、二度目の春を迎えても、まだ、終息の見通しさえたたない。春の寒さがひときわ身に沁みる。「抗争ではまず若者の血が流れるのである」という『仁義なき戦い』の名ナレーションが苦く耳によみがえってくる。普遍性のある名句といえる。（藤）

カラオケで兄弟仁義歌ぅ春

カラオケで北島三郎の「兄弟仁義」を唄うヤクザは、私と同世代であろう。昭和のヤクザがカラオケで好んで歌うのは、「兄弟仁義」、「唐獅子牡丹」、「網走番外地」と相場が決まっていた。下の句の「歌う春」が、楽しそうな雰囲気を感じさせる。

令和のヤクザはそれらの歌を知りもしない。老人が歌っているのを退屈気に聴いている姿が思い浮かぶ。（吉）

三代目襲名披露山笑ふ

「山笑ふ」は春の山をいう。そんな季語を知っているのだから、詠み人はかなりの俳句歴と拝察する。春の山でもいいのに、あえて山笑ふとしたのは、襲名披露に出席した親分衆の笑顔と重ねたのだろう。三代目と聞くと、任侠界のレジェンド、山口組三代目、田岡一雄組長が思い浮かぶ。春の山のように、泰然とした大人物だったらしい。（吉）

春雨や情婦《バシタ》が傘を差し掛ける

「春雨じゃ、濡れて行こう。」との月形半平太の名台詞など、今のオンナたちは知りもしない。そんな情緒には無縁の時代なのだから、傘をさしかけてくれるだけでも感謝すべきなのだろう。俳句的視点からは、春雨と情婦の配合に意外性があり、一句に芯が通っている。ヤクザの日常の一コマとして、微笑ましい作品といえる。（藤）

不機嫌な兄貴はひどい花粉症

普段威張っている兄貴分が、花粉症でくしゃみ、鼻水がひどく、涙目とあっては、舎弟たちに対して睨みが利かない。マスクをするのはヤクザらしくない。そんな兄貴が不機嫌で舎弟たちに当たり散らす。可笑しいけれど、笑ったりしたら、蹴りを入れられる。兄貴がいない時に、陰で笑っている舎弟たち。なんともユーモラスな句である。(吉)

雛飾る組にもおるで五人衆

五人囃子に対抗する五人衆。人斬り五人衆とでも言うべきか。筋金入りのコワモテが五人もいる組というのはなかなかのもの。この句の眼目は中七にある「おるで」という関西風のしゃべり言葉。「いるぞ」という標準語ではこの迫力は出ない。華麗な七段飾りの雛壇に任侠の気迫がにじみ出る。（藤）

お雛様嬢《とう》はんによう似てはるわ

ヤクザの中には子煩悩な者もいる。組長に年を取ってからできた娘がいて、組員が「嬢（とう）はん」と呼び、「よう似てはる」と言うのだから、関西の組であろう。そんな見え見えのお世辞に、にやつく組長の顔が目に浮かぶ。しかし、成人した後、ヤクザの娘というレッテルを貼られた嬢はんは、実社会で苦労するのが現実である。（吉）

本家より絶縁状や落椿

　ヤクザの世界での絶縁は、きわめて厳しい処置である。しかも、本家からの絶縁状。精神的な衝撃で、庭の椿の首がポトリと落ちてしまうのも当然のことだ。ヤクザ組織とヤクザ自身にとって、孤立無援というのは、死をも意味する。盛り場を歩いても、飲み屋に入っても、心休まることがない。落ちた椿の花首が、自分の首に見えてくる。（藤）

出所日を明日に控へてうららかに

ホトトギス季寄せによれば、「うららか」、または「うらら」は、春の光がうるわしくゆきわたり、すべてのものが明るく朗らかに見える有様をいう。長い刑期を勤め上げ、明日出所となれば、獄窓からの景色もさぞかし明るく見えることであろう。その心中、察するに余りある。獄中句に、「うららか」という春の季語が使われるとは思わなかった。（吉）

桜散る我も散るなら潔く

男としての志を述べる立派な一句。散華という言葉があるように、桜が散る様は潔い死にざまに例えられる。ヤクザの道に踏み入れた以上、畳の上で死ねないことは、覚悟の上。とは言いながら、いざとなったら、いかに見苦しくない振る舞いができるか。それはなってみなければわからない。潔さを自分自身に言い聞かせている句ともいえる。（藤）

組員の親睦深め花見かな

同じ組員の仲間同士の親睦は大切だ。春ならばもちろん花見である。日本の伝統的美意識は花鳥風月。花見はこの伝統に即した行事なのだ。落語の「長屋の花見」では、お酒はお茶で、蒲鉾は大根で代用だが、さすがにヤクザは見栄の商売でもあるから、酒も肴も本物だ。花見の建前は無礼講だが、もちろん、本当の無礼は指詰めものなのである。（藤）

縄張《シマ》内《うち》をぶらり回れば春朧

組の縄張を「シマ」と言う。ヤクザが命を賭して守るのがシマで、巡回するのも若い衆の務め。シマ内の飲食店でトラブルがあれば、すぐに駆けつけて処理するのだが、毎晩あるわけではない。春の夜、いつものように巡回していると、朧月がぼんやりと霞んで見える。つい気持ちが緩んでしまいがちだ。「ぶらり」が効いている。（吉）

姐さんに彼女《スケ》を会わせる花の宴

ヤクザも花見はする。組の公式行事となれば、それは「晴れ」の場であり、同伴した自分のスケを姐さんに紹介する場面もある。これが意外と気を遣う。若さや美しさを誇示するようなことは、当然ながら御法度。自分の女が姐さんにはまってくれることは、組織内ではきわめて有効なポイントだ。さりげなさの中に、緊張感を秘めた一句である。（藤）

かち込みに出ていく宵や朧月

かち込みとは、殴り込みのこと。抗争相手の組事務所を襲撃するのは、ヤクザにとって最大の修羅場であり、若い衆には功名を挙げる絶好のチャンスでもある。空には朧月、まさに「春宵一刻値千金」だが、そんな気分に浸っている場合でない。この詠み人は新選組の土方歳三の信奉者ではないか。土方作の句、「公用に出ていく道や春の月」と似ている。（吉）

夏

皐月・水無月・文月

祭りの夜くされ外道の命《タマ》を取る

命《タマ》はヤクザ独特の呼び方で、「くされ外道」は関西ヤクザが使う侮蔑語。映画「仁義なき戦い」の中でもよく使われていた。任侠道を踏み外した「外道」だけでも強烈なのに、さらに根性が腐っている「くされ」なのだからどうしようもない奴だ。祭りの夜、縁日にでも出かけた標的を銃撃するのか。銃弾《タマ》で命《タマ》を取るわけだ。（吉）

衣更親分《オヤ》の形見に袖通す

親分の形見は、単衣の着物で、当然高価な物であろう。先代組長が亡くなって間もない衣更の日、後継者の当代組長は、初めて形見に袖を通してみた。着物には香を焚き込んであったと見え、かすかに匂う。自分も先代のような立派な親分にならなくてはとの決意を新たにする。組を統率する者の心意気が伝わる秀句だ。（吉）

バラ一輪太股に彫るスケがいた

近頃はファッションで機械彫りのタツゥーを入れる若い娘がいるが、ヤクザの情婦（スケ）ともなれば、彼氏と同じように彫師の手による彫り物であろう。太股に一輪のバラとは、なんともセクシーだ。昔、付き合ったスケを思い出している句で、下五の口語体が効果的。俳句らしくはないけれど、ヤクザの句らしいと評価する。（吉）

古参集ふ昔話に新茶汲む

親分のもとに古参の幹部が集まって来ている。祝い事か法事の相談か、それとも単なる茶飲み話をしに来たのか。新茶をお出ししながら、小耳に挟む昔話。先輩の失敗談に必死で笑いを噛み殺す。うっかり、笑ってしまったら、拳骨を食らうのは必定。新茶の良い香りの中にも、しくじらないようにとの若い者の緊張感が漂う一句といえる。（藤）

夏来る腕の彫物袖まくる

ヤクザはやたらと彫物を見せびらかさないものだ。夏でも長袖のシャツを着て隠す。しかし、相手を威嚇する際、袖をまくって見せることもあるのだ。それは機械で彫るタトゥーではなく、本職の彫り師による極彩色の彫物でなくては脅しにならない。（吉）

パナマ帽似合ふ兄貴はスケこまし

パナマは夏帽子である。中年の紳士が似合うもので、若い男がかぶると、とっぽい感じになる。それが似合う兄貴が、「スケこまし」なのは「いかにも」ではないか。そういえば、往年のスター俳優、梅宮辰夫は、スケこましの役をやらせたら天下一品だった。そして、パナマ帽が似合った。句に詠まれた兄貴も、梅宮が演じたような色悪なのかも知れない。（吉）

組長も叔父貴も似合ふ夏帽子

組長と大幹部の叔父貴が仲良く夏帽子をかぶっている。どこかへ一緒に出掛けるのだろうか。二人とも夏帽子が妙に似合っているのがほほえましい。そう思っても、すぐに「お似合いですね」等と口に出してはいけないのがヤクザの世界の難しさ。余計なことを言ってドヤされたりしないよう、この句の作者も、その言葉を飲み込んだのだろう。（藤）

上納金上がる噂や梅雨に入る

　ただでさえジメジメと蒸し暑く、イライラがつのる日々なのに、またしても上納金が上がるというイヤな噂。縦社会である以上、上からの命令には絶対服従なのではあるが、「下のモンの苦労も知らんと、勝手なこと言いよって」と愚痴の一つも言いたくなる。もちろん、それは心の中だけで、口に出して言えないのはお察しの通りである。（藤）

下っ端は黙って動け蟻の道

この句はヤクザ組織に限らず、すべての世間に通じる句ではないか。蟻の道というのは働き蟻たちが通った道の筋のこと。サラリーマン社会でも学校の運動部でも、下っ端は、ただ黙々と働かなければならない。「黙って」の部分には「従順に」だけではなく「指示されなくとも」の意味もある。気働きこそこの世界での出世の秘訣ではある。（藤）

夏服や情婦《スケ》の二の腕たくましく

ヤクザの情婦になろうという女性なのだから、肝は据わっている。警察の手入れや敵対組織の殴り込みなどの緊急時、自分の男を助けるために、座布団を投げつけたり、椅子を振り回したりの荒事も必要だ。夏服に替わってあらわになった二の腕のたくましさは、修羅場も辞さないやくざの女の心意気を示す勲章でもある。（藤）

金貸しは資金源なり木下闇

木下闇《こしたやみ》とは、「木々の茂りのため、日光が遮られ、樹下のほの暗い様をいう」（ホトトギス季寄せ）こと。この季語を使って、ヤクザの資金源である闇金融を連想させるとは、詠み人はかなりの手練れといえる。大学出の経済ヤクザであろうか。昼なお暗い木下闇は、ヤクザ社会の暗い部分を連想させ、季語が効果的である。（吉）

夏羽織手打ちに臨む覚悟決め

抗争相手との手打ち式は、和解の儀式である。当然、組長以下幹部連は正装で臨む。夏なら絽の紋付きの羽織だ。それを着た瞬間、意に染まぬ手打ちであっても、己の意地を捨て、組のために和解を容認する。その覚悟を決めるまでには、色々な葛藤があったはず。東映任侠映画で、手打ち式に臨む鶴田浩二の紋付き姿が思い浮かぶ。（吉）

蝙蝠《こうもり》がどっちに付くか迷ってる

大組織同士の抗争が勃発すると、小さな組は中立を通すわけにいかず、どちらかの組織に付くか決めなければならない。組の幹部たちが、どっちに付いたら組の得になるか話し合っている姿を詠んだ句であろう。損得ばかり考える幹部たちが、組員には蝙蝠のような狡猾な種族に映ったに違いない。（吉）

五月雨や自首を勧める母は泣く

人情の句と言うべきか。なかなかつらいシチュエーションである。極道稼業についていると、こういう愁嘆場に遭遇することもある。季語の五月雨はしとしとと降りそぼる五月の雨。当然、母が流す涙の比喩でもある。自首すれば楽になるのか？　組員としての未来を取るか？　それとも親孝行を選ぶべきか。まさに義理と人情の板挟みの俳句なのである。

（藤）

明け易し我が子の寝顔見詰めたる

「明け易し」は夜の短さを表現する夏の季語。一晩、我が家でゆっくり過ごし、妻とも愛情を確かめあったが、気が付けば窓の外は白々と明け始めている。改めて、我が子の寝顔をまじまじと見る。運が悪ければ、これが見納めになるかもしれない。子に対する親の愛情がにじみでた佳句。このような人情のある句は、もっと詠まれて良い。（藤）

ナイターの結果気にする胴元さん

今や地上波でのナイター中継はほぼなくなってしまったが、かつてナイターは夏の季語になるほどポピュラーなものであった。しかし、野球賭博の胴元さんにとっては、ナイターの結果は即ビジネスである。力量差が明らかな試合には点数でハンデをつけ、リスクヘッジされているそうだが、勝負の結果は水物である。時には胴元の大負けもあるかもしれない。そう思えばヤキモキもするだろう。(藤)

パソコンの株取引に日除けかな

木下闇の句でも触れたが、近年は大学出の経済ヤクザが増えている。パソコンに向かって株取引をするトレーダーとして金を稼ぐ者も多い。合法な取引ではあるが、そこはヤクザ。企業の裏情報を不法に取得するインサイダー取引もあるだろう。冷房の効いた部屋でも、夏の日差しが差し込むと暑い。そこで、「日除け」という季語を使ったところが巧い。(吉)

向日葵や組長の首狙ったる

威勢よく啖呵を切ったともヤケクソ気味ともいえる句。ヤクザ映画でこういう跳ねあがったセリフを吐く奴は、だいたい最初に殺される。実は角川春樹氏の俳句に「向日葵や信長の首斬り落とす」なる傑作がある。もしかするとこの句は角川春樹作品の本句取りかもしれない。組長の首も信長の首も狙って取ってやる。心意気だけは買うとしよう。（藤）

予想屋の派手な花柄アロハシャツ

地方の競馬場、競輪場、競艇場、オートレース場の夏の一場面だろうか。これらの場所は合法的な賭博場であり、大げさにいえば非日常空間なのである。その異界の登場人物としての予想屋、派手な花柄のアロハは、サーカスのピエロの衣裳と同じなのだろう。予想屋自身は任侠の世界の人ではないかも知れないが、賭博の場はやはり任侠の世界。夏の職場の一場面を詠んだ写生句といえる。(藤)

マル暴の刑事《デカ》のワイシャツ汗みどろ

マル暴は暴力団担当のこと。刑事を「デカ」と呼ぶのは一般にも知られる。組事務所の家宅捜索を受けた組員が詠んだ句ではなかろうか。「いくら捜したって、何も出てこねえよ」と、涼しい顔の組員に対し、刑事は汗みどろで捜索している。その対比が面白い。ヤクザと刑事は服の趣味が似ていると言われるが、ヤクザのほうが高い物を着ている。（吉）

汗拭いてバシタの乳房柔らかく

同じ汗でも、こちらはベッドシーンの汗だから色っぽい。不特定多数の愛人は「スケ」だが、女房も同然の存在だと「バシタ」と呼ばれる。下五の「柔らかく」で豊満な女の肢体を連想させた。冷房が効いている部屋でも、汗が吹き出すほど激しいセックスをするヤクザ。女を組し抱く詠み人の背中には、どんな彫り物があるのだろうか。（吉）

姐さんの香水きっし送迎車

ベンツを運転して、姐さんを送迎するのは、大切な仕事。ここでしくじっては、たいへんなことになる。姐さんに気に入られることは、その後の組織内での出世に大いに関わってくる。歌舞伎見物でも銀座のブランド店での買物でも、姐さんを快適に送迎するのが使命。ベンツの車内に充満する濃厚な香水の匂いに、もちろん文句などないのである。（藤）

姐さんのお供の店で心太《ところてん》

詠み人が修業中の頃、姐さんのお供をした時の句と思われる。姐さんの好物の甘味店に入ったが、辛党の若い衆は甘い物が苦手なので、心太しか食べる物がないわけだ。ユーモラスだが、お供の辛さを想像させる。(吉)

肌脱ぎの組長の背に仁王立つ

組長の着替えの場面だろう。さすがに組長を張るだけあり、憤怒の仁王像の彫り物は迫力がある。着替えを手伝う若いモノとしては、凄い！の一言をさりげなくつぶやくのも必須のポイント。組長を常に良い気分にさせるのも組員の務めであるのだから。とはいえ、自分も威風堂々の彫り物を入れるべきか。それはまた別の話ではあるのだが。（藤）

草いきれ死体の腕にタッウーあり

１９８０年代に『ＴＡＴＴＯＯ（刺青）あり』という映画があった。主演は宇崎竜童で、ろくな人生を送ってこなかった男の末路が銀行強盗という話だ。この句の死体は、半端者のヤクザの末路ではなかろうか。草いきれという季語が、死体の腐臭さえ感じさせる。多分、腕の彫り物で身元が判明したに違いない。映画のワンシーンのような句である。（吉）

ステテコとダボシャツが差す賭け将棋

夏の夕暮れ、夕涼みを兼ねた縁台将棋である。真っ白なステテコ（夏の季語）に上半身裸の男と、ヤクザが好む下着、「ダボシャツ」を羽織った男。色は黒だろう。将棋を差すだけなら堅気だが、金を賭けた真剣勝負であることで、ヤクザの本性が出る。昔気質の博奕打ちなのだ。夏らしく、ヤクザらしくもある句といえる。（吉）

雷鳴に拳銃《チャカ》を持つ手の震えけり

チャカというのは拳銃の隠語。引き金を引く時の「カチャッ」という音をひっくり返して「チャカ」になったという説がある。芸能人等が六本木をギロッポンという逆さ言葉と同じ。いささか軽い。襲撃（カチコミ）の最中に雷鳴が轟くというのもできすぎだから、この句は雷鳴に乗じて試し射ちをしている場面だろう。しかし、手が震えていては、本番がいささか不安であることは間違いない。（藤）

蝉時雨初めての拳銃《チャカ》試し撃つ

一般人にはわかりにくいかもしれないが、初めての拳銃の試射には恐怖感がある。仮に不良品だった場合、手が吹き飛ぶことさえある危険な行為なのだ。しかも、世間には内緒で行わなければならない。耳を覆うほどの蝉時雨の中で、震える手で引き金を引く。無事に一発撃てた時の爽快感。若い者の緊張と緩和が凝縮した佳句である。（藤）

クスリ売る舎弟は青きサングラス

今どき、青いサングラスは流行らない。とはいえ舎弟の古臭い青のサングラスは妙に似合っている。暴力沙汰は苦手の舎弟だが、クスリを売りさばく手腕だけは、組内でも一目置かれている。黒いサングラスのコワモテを少しやわらげる青サングラス。クスリ売りも客商売なので、青色は愛嬌であり、一種の看板になっているのかもしれない。（藤）

夕立や鉄砲玉を志願する

鉄砲玉とは、英語で言えばヒットマン。つまり、対立する組織の重要人物を襲撃する役どころ。失敗したら、その場で返り討ちにされるかもしれないし成功しても、敵対組織と警察から追われる立場になってしまう。夕立の激しい雨音に興奮して、急き立てられるように鉄砲玉を志願してしまう若い者。雨があがれば、後悔だけしか残らないかも。（藤）

指詰《エンコ》め痛みをこらえ夕涼み

ヤクザが不始末をした際、指を詰めるのは知られているが、それを「エンコ詰め」というのを知っている人は少ない。経験者に伺った話だと、その痛さたるや、筆舌に尽くしがたいとのことだ。痛みを堪えて涼しい顔をするのも、ヤクザの見栄であろう。夕涼みの季語が、詠み人の心情を表している。（吉）

月涼し中国マフィア殲滅す

季語は「月涼し」と風流だが、内容はきわめて壮絶な句だ。島国である日本のヤクザは、終戦直後の在日韓国人、朝鮮人との敵対を除いて、強い外敵を持たずに来た。しかし、平成に入った頃から、中国マフィアなる強力な外敵が台頭して来た。殲滅とは皆殺しであり、まさに殺るか殺られるかの闘いである。「月涼し」の背後には鮮血の咆哮がある。（藤）

破門され天を仰げば夏の雲

破門とはヤクザ社会では、最も重い制裁。掟に背いた者に科せられる処分である。この処分は、暴力的な制裁よりもきつく重い。破門状という書状が、関係するヤクザ組織に廻されて、一切の関係が絶たれてしまう。夏雲を見上げると、チンピラの修行時代からの苦労のあれこれが頭に浮かぶ。明日は何処の旅の空。小林旭のようにはなれそうもない。（藤）

独房でおふくろの夢見ては汗

どんな立場の人間にも理解できる切ない人情の句である。独房に収容されているのだから、それ相応の罪を犯した者なのだろう。夏の独居房、当然、クーラーなどはない。寝苦しさの中で見た夢におふくろが出てきた。誰もが涙ぐんでしまう場面である。目が覚めると肌を濡らす汗。「カアサン、ごめん」と夢の中で思わずあやまったに違いない。（藤）

七夕の願いはひとつ恩赦なり

しみじみと人生の機微を味合わせてくれる一句である。恩赦とは簡単に言えば減刑のこと。服役者にとって、実刑期間を減らして、早くシャバに出られる恩赦こそは、七夕の短冊に書くお願いにはふさわしい。この俳句のポイントは、奇を衒うことなく、切実な願い事の一点にポイントを絞った点にある。「恩赦」と短冊に書きながら、妻や子どもたちの姿が瞼の裏に熱く浮かんでくる。（藤）

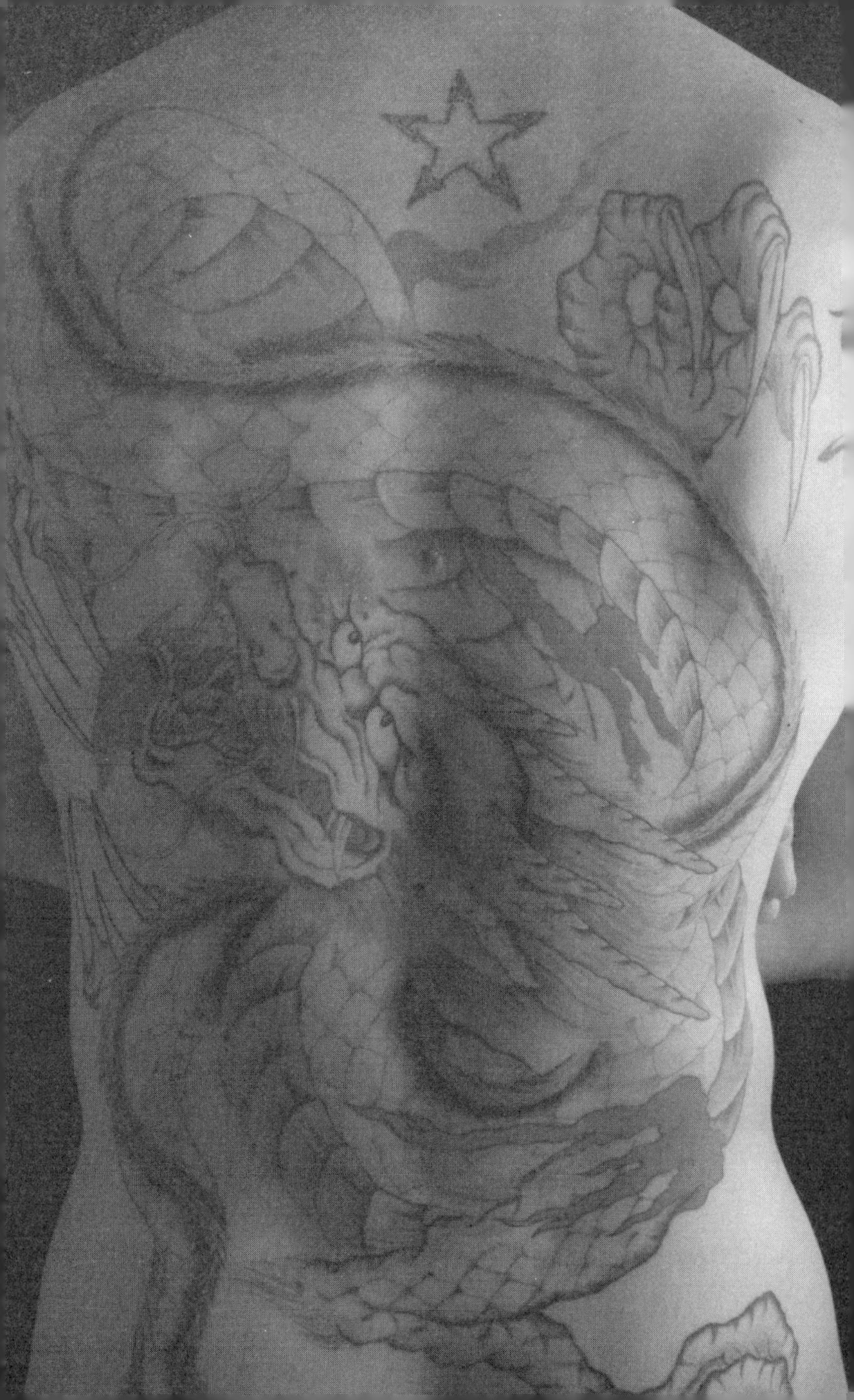

秋

葉月・長月・神無月

西日差す部屋で情婦《おんな》の愚痴を聞く

下っ端ヤクザは金がない。従って、住居も西日が当たる狭いアパートである。情婦を引っ張りこんだのはいいが、クーラーがないので「暑い」と愚痴られ、「もっといい部屋に越したら」などと言われたのだろう。「ぜいたく言うな！」と怒らずに黙って愚痴を聞いているところが、詠み人の気の弱さがうかがわれ好感が持てる。（吉）

流れ星その一瞬に無事祈る

流れ星を見ながら願い事を口にすると叶う、との言い伝えがある。詠み人はそれを信じて、誰かの無事を祈った。誰であろう。抗争相手の組長の命《タマ》を取りに行った舎弟分か、刑務所に収監されている兄貴分か、それとも離れて暮らす親の無事か。様々なことを想像させる句で、中七の「その一瞬に」がうまいつなぎとなっている。（吉）

覚醒剤《シャブ》打って娼婦を抱いた熱帯夜

覚醒剤、通称「シャブ」は組の資金源のひとつだが、組員の中には、商品に手を付けて、自分まで依存症になってしまう不心得者がいる。セックスの時に使うと、通常では味わえないほどの快感があるから、依存症になるとも言われている。薬物を服用してする性行為を「決めセク」と言うとか。詠み人もその魔力に魅入られた一人なのだ。（吉）

日の盛り野球賭博のハンデ決め

高校野球全国大会が開催されるのは、猛暑日が続く八月。野球賭博を資金源にするヤクザにとってはかき入れ時である。弱小チームが強豪チームと当たる場合、「ハンデ」が与えられる。高校野球の場合、双方に実力に開きがあると、何点のハンデを付けるか悩ましい。その数字によって胴元の儲けが違ってくるので、決めるのに苦労するわけだ。（吉）

猛暑日に兄貴と阪神《トラ》を憂いたる

阪神ファンの兄貴と弟分が猛暑日に二人で事務所の電話番でもさせられている。あまりの猛暑にシノギ関係の客も来ない。退屈まぎれに最近のプロ野球の話題。とりわけ、近況が不甲斐ない阪神のこと。高校野球のために甲子園が使えない恒例の死のロードで例年通り大苦戦。俳句批評的には結句が「怒りたる」と直接的な動詞ではなく「憂いたる」と曖昧にぼかしてあるのが、いかにも阪神ファンらしい。（藤）

賭け金も上がる猛暑の甲子園

高校野球の野球賭博の場合、優勝チームを当てるトトカルチョと、一試合ごとに勝敗を当てる賭けがある。猛暑だから気温は三十五度を超えている。気温が上がると同時に、賭け金も上がるとシャレたわけだ。野球賭博に熱中した経験がある故月亭可朝師匠に聞いた話だと、大会期間中に一千万つぎ込んだ年もあったという。「勝てるもんやない」とか。(吉)

貸し金を取り立てに行く酷暑かな

取り立てはヤクザの立派なしのぎの一つ。貸した金はきちんと期日までに返済させなければならない。黙っているだけでも汗が噴出してくる酷暑。湿度も不快指数もきわめて高い。一筋縄ではいかない相手には、荒事も避けられない。できれば、オンナコドモが泣き喚いたりする場面は御免だが、どうなることやら。ヤクザもつらいよ！　の一句なり。（藤）

盃に命を賭ける星月夜

ヤクザにとって親子の盃、兄弟分の盃は、命と同じくらい大切なもの。盃ごとをしたのは、満天に星が降り、まるで月夜のように明るい夜であった。「星に願いを」という曲があるが、子が親に尽くすこと、または兄弟分との絆を星に誓ったのであろう。都会では満天の星を見ることはないので、地方のヤクザが詠んだと推測される（吉）。

戦争はヤクザにもあり終戦日

ヤクザの抗争は、よく戦争にたとえられる。「仁義なき戦い」で描かれた広島での抗争は「広島代理戦争」と呼ばれた。抗争の終結は、仲介人の口利きで手打ちに至る場合もあれば、一方の組が敗北宣言して終わることもある。後者の場合は組を解散する代わりに、組長以下幹部の命を保証してもらうわけだ。「終戦日」を季語に使ったのが上手い。（吉）

仁義なき戦い知らず原爆忌

深作欣二監督の『仁義なき戦い』四部作はヤクザの教科書である。現在の幹部の世代は、この映画の菅原文太に小林旭に松方弘樹にあこがれて、この世界に入ったという。しかし、昨今の若い者はこの映画を知りもしない。見ているのは、もっぱら軟弱な美少女アニメである。広島の原爆忌の八月六日、この業界も、世代間の分断は大きく深い。（藤）

おみなえし飛田新地の路地に咲く

おみなえしは、黄色い小花が傘のように開いて咲く秋の花。漢字では「女郎花」と書く。飛田新地は大阪西成区の旧遊郭地帯。現在も料亭で、いわゆる「ちょんの間」が楽しめるとの噂がある。そんな地域の路地に咲く女郎花。これほどふさわしい花はない。おみなえしが咲くころ、飛田新地も稼ぎ時。秋の情緒に満ちた秀句といえる。（藤）

秋灯下言葉少なし手本引き

手本引きというのは賭博の中でも、もっとも玄人が好むもの。東映の映画で藤純子演ずる女博徒が「入ります」とやっているアレである。一から六までの数字を当てるゲームだが、張り方も配当の付け方も複雑で、みな息をのんで集中するのは当然だ。「秋灯下言葉少なし」という中七下五の句が、この場の緊張感をみごとに表現している。（藤）

照れながら身重のスケと花野行く

ヤクザの実生活が垣間見える句だ。「もうすぐ、俺もオヤジになるのか」との感慨が上五中七にこもっている。初句の「照れながら」が効いている。スケと言いながらも実は愛妻と呼ぶべき存在なのである。季語の花野は秋の花が咲き盛る野原のこと。抒情味の濃い季語がふさわしい。コスモスやなでしこが胎内の嬰児を祝福しているようだ。（藤）

名月を檻の内より覗き見る

檻の内だから、服役中に獄窓から見た月を詠んだのであろう。獄中では時間を持て余すので、俳句を詠むには絶好の環境なのだ。窓から見える景色で季節を感じる受刑者。春は花、夏は炎天、秋は月、冬は雪、まさに雪月花だ。下五の「覗き見る」で、詠み人の目線を表わしているところが巧みである。（吉）

鉄格子外を眺めりゃ雁渡る

これも獄中句である。鉄格子がはまった窓から外を眺めると、雁が渡るのが見えた。雁は秋に北方から渡ってきて、湖沼で冬を越して、春になると北へ帰って行く。詠み人が服役する刑務所はどこだろう。北から渡ってきた雁を見たなら府中。北へ帰った雁なら網走か。どちらにしても、自由に行動できない身には、自由に空を飛ぶ雁が羨ましく思えるのだ。(吉)

山奥で穴掘り埋める月夜かな

怖い句である。山奥で穴を掘って埋めるとなれば、死体を連想するからだ。しかし、自分の犯行を句にするわけがない。隠しておきたい物を埋めたのではないか。例えば、拳銃、日本刀などの凶器である。組事務所と組長宅にガサ入れ（家宅捜索）があるとの情報が入って、急遽隠す必要に迫られた状況が想像できる。（吉）

虫の音や脅し文句を練習す

仕事に熟達するには、トレーニングが必要である。脅し文句はヤクザにとっては必要な技能。脅しといっても、ただ、大声で喚きたてるだけではダメなのだ。言葉は荒くないが、相手の心根を震え上がらせる脅しもある。状況に応じての硬軟の脅し文句の使い分け。そんな中、ふと気づくと耳に優しい虫の声。ああ、虫たちも頑張っているんだなあ。（藤）

筋通しケジメを取って爽やかに

ケジメはヤクザの生き様である。ケジメのつけられないヤクザなどは、存在価値がない。不始末があれば、きちんと責任を取らせる。自分の不始末ならば、自分自身でケジメをつける。いずれにせよ、ヤクザとしての筋を通したことは、まさしく「爽やか」には違いない。「爽やか」は秋の季語。これほど、ぴったりの季語はない。（藤）

拘置所の兄貴を想ふ夜長かな

拘置所の夜はシャバの夜よりも長く感じられるのではないか。私は経験がないが、そんな気がする。この句の作者はそんな兄貴の無聊を思いやっている。兄貴の嫁さんも、長い夜の孤閨を嘆いているのかもしれない。嫁さんを慰めに行ってあげようか？ いや、そんなことをして、できてしまったら、取り返しがつかない。悩みは尽きない夜長である。（藤）

組長の訓辞は長し秋の夜

始業式、終業式の校長先生の訓辞を思い出せばよい。校長にせよ組長にせよ、とにかく話が長いのである。秋の夜長、彼女と良い雰囲気でしっぽりと過ごすのなら歓迎だが、いつ終わるともわからぬ組長の訓辞を聞かされるのはたまらない。任侠道の精神論なのか、もっと現実的な組経営の愚痴なのか、ともかく、聞いて身になる内容ではない。誰も彼もがアクビを噛み殺しているにちがいない。（藤）

卑怯者にはなるものか秋彼岸

五七五の定型でなく、七五五であるが、詠み人の決意表明なので良しとしよう。お彼岸に、亡き組長か兄貴分の墓参りをした際、墓前に誓った言葉と想像できる。

彼岸は春の季語だが、あえて秋彼岸と五文字で締めたのが巧い。（吉）

満月や大にぎわいの闇カジノ

満月の夜には人間はとりわけ興奮するという。当然ながら、闇カジノの稼ぎ時ではある。太い客を十二分に遊ばせて、最終的には搾り取るのがカジノのビジネス。カジノ側のスタッフも、てんてこ舞いの忙しい夜ではあるが、あまりにぎわい過ぎて、気づかれてもまずい。それが闇カジノの闇なる所以。「闇」の一語に意外と含意の深い句である。（藤）

恍惚の組長支ぇ月見かな

「恍惚」が「ボケ」という意味になってから、何十年経つだろうか。もともとは有吉佐和子の『恍惚の人』という作品から出た言葉だと知っている人は少ないだろう。かつては鬼と呼ばれた組長も今は恍惚の人。その組長に今宵の風情ある月を見せる。任侠道の美学は日本の伝統の順守。「組長支え」が組の現状の比喩にもなっている。（藤）

近頃の若い者はと秋の空

エジプトのピラミッドの壁画に書かれた文字に「近頃の若いものはなっとらん」との意味のものがあるそうだ。ヤクザの世界も状況は同じなのだろう。若い者の気の利かなさ口のきき方、服装のだらしなさ等々、文句の夕ネは尽きない。古参のヤクザが思わずもらしたホンネを季語の秋の空が、あっけらかんと受け止めている。佳句である。（藤）

起き抜けに背中の龍もそぞろ寒

そぞろ寒は秋の深まりを感じさせる情緒にみちた季語。背中の龍とは「昇り龍」の刺青（ほりもの）のことだろう。起き抜けにふと身に寒さを感じる。隣には全裸の情婦がまだ眠っている。男は独りダボシャツを背に羽織る。一種の哀愁も感じられる場面だ。季節のうつろいを刺青で感じるという八九三の五七五ならではの名句と言えよう。（藤）

コロナ禍でシノギも減ってそぞろ寒

新型コロナウイルスのパンデミックは日本中に、とりわけ夜の飲食業に大打撃を与えた。夜の飲食業といえば、その筋のシノギをしている方たちとの関係も深い。共倒れのかたちで、稼業が危うくなっている。そぞろ寒とは晩秋の季語。いわゆる、うすら寒さを感じることである。飲食業だけでなく祭やイベントも中止になり、シノギの場そのものが激減してゆく。首筋がうすら寒くなるばかりなのだ。（藤）

縁日も祭もなくて秋時雨

コロナ禍の間、全国で中止になった縁日と祭は数え切れない。露店を出す香具師（テキヤ）はおまんまの食い上げだった。現役のテキヤでなくては詠めない句である。祭は夏の季語だが、秋祭もあるので、秋時雨が生きる。早くコロナ前に戻ってくれないかと願う気持ちがよく表れている。（吉）

金も部屋も借りられぬ身の冬支度

これぞ令和のヤクザの句。ヤクザに対する締め付けの一環として、銀行口座を作れないとか、賃貸住宅を貸さないといった処置が取られた。私個人としては、ヤクザにも人権があるので、行き過ぎではと思うが、国家がヤクザを「反社会的勢力」として目の敵にするので、いかんともしがたい。部屋も借りられないと、冬支度もままならぬ。なんともやるせない句である。（吉）

腰に差す拳銃《チャカ》の重さの夜寒かな

晩秋には、やけに冷える夜がある。そんな時に限って、拳銃（チャカ）を携帯する必要に迫られた。詠み人は組長付きの運転手、またはボディーガードではなかろうか。腰に差した際、拳銃の重さと同時に、「夜寒」という季語で、体感的な寒さと心の寒さを表している。「夜が冷たい、心が寒い」という歌の文句を思い出した。（吉）

先代と当代並び新酒汲む

組長の襲名披露の席で詠んだ句と思われる。襲名披露のような儀式には、必ず菰樽が備えられる。新酒が出る時期、盃事の儀式を終えた先代と当代が酌み交わす姿が、詠み人には組の新たな門出と映ったのか。新酒という季語が生きた見事な句だ。（吉）

血の色と同じ紅葉に目が眩み

見渡す限りの真紅の紅葉。それはいつか見た血の色と同じだった。詠み人は紅葉に目が眩んだのではなく　血を見た時のことを思い出してめまいがしたのではと推測する。それは己の手で流した他人の血なのか、それとも自分が傷ついた時の血なのか。過去の出来事に原因があるようだ。紅葉を見ても、一般人と違った反応をするのがヤクザである。（吉）

東西の大物同士新酒酌む

関東と関西の大組織のトップが会談する。それは互いの系列組織同士の抗争を終結させるための話し合いか、片方のトップがもう片方を表敬訪問したのか。どちらにしても、大物同士が新酒を酌み交わす席に同席した者が詠んだ句だ。詠み人は、お供をした幹部クラスと推測する。自分もゆくゆくはトップに立ちたいとの思いがあるのかも。（吉）

拘置所の狭き庭にも小鳥来る

ワビとサビは俳聖松尾芭蕉が、晩年に称揚した俳句の境地である。そして、この句には確かにワビがあり、サビがある。拘置所暮しも長くなり、季節の移ろいも実感できるようになった。わずかな時間の運動だけが許される拘置所の庭の陽だまりに小鳥がやって来る。その小鳥に取っておいたパン屑を与える。まさにワビとサビの境地である。（藤）

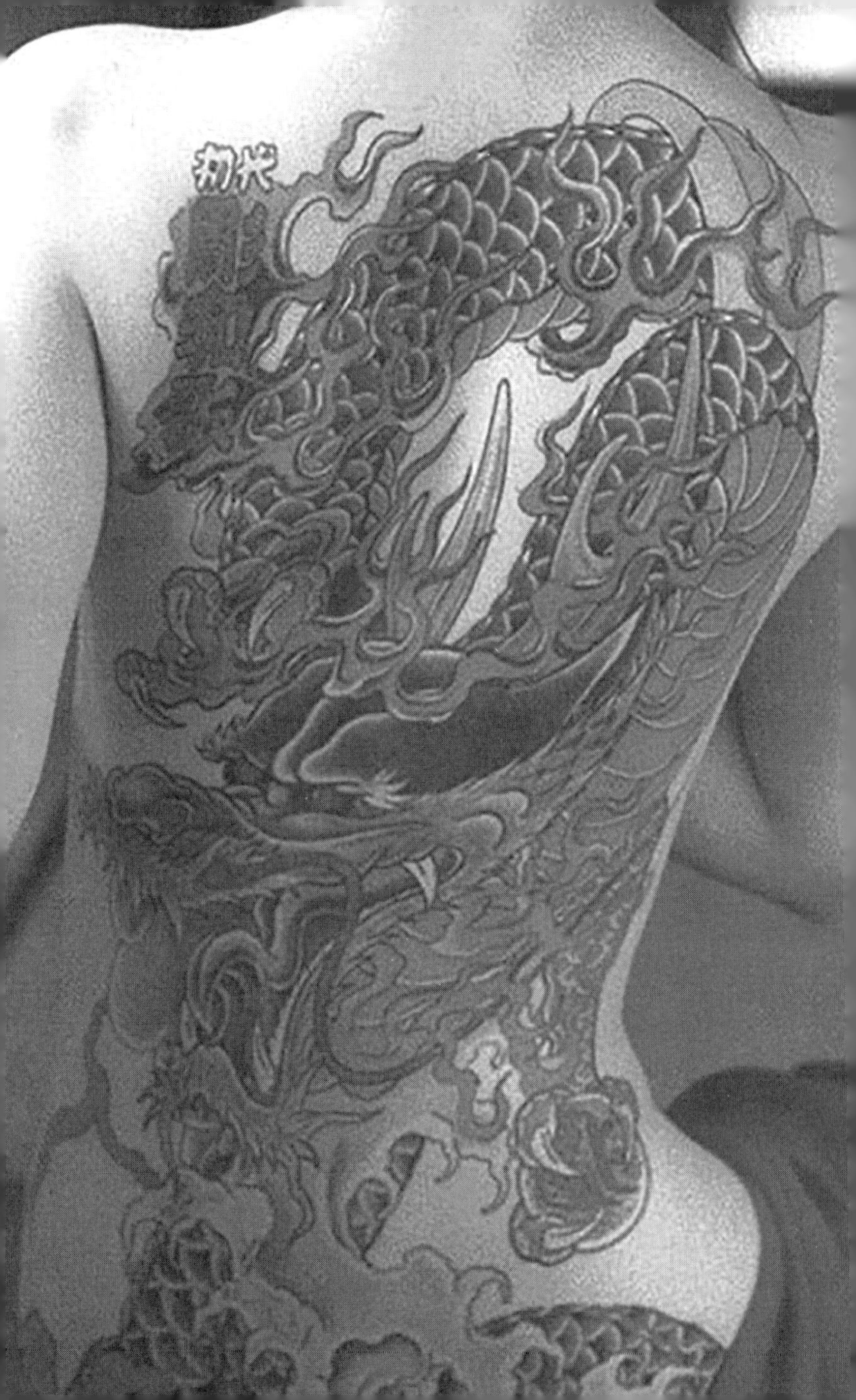
初代

冬

霜月・師走・睦月

父親《おや》のない子が親分《おや》を持つ小春かな

ある統計よれば、組の構成員の半数以上が片親であるという。父親のない子は、心のどこかで父親を求めている。組は疑似家族である。親分から盃をもらうことで、父親を持つことになる。父親だけでなく、母親代わりの姐さんがいて、兄貴分もいる。良き日和の「小春」という季語が、詠み人の心境を表わす。（吉）

小春日に直系組長集ひけり

同じ小春日でも、この句は趣が異なる。全国組織の本家に、直系組長が集まる月に一度の幹部会だ。名の知れた組長も列席して、それは壮観であろう。本家詰めの組員が詠んだ句と思われるが、詠み人もいつかは直系組長となり、幹部会の末席に連なりたいと願ったに違いない。ヤクザもサラリーマンも、出世願望は同じなのである。（吉）

姐さんも出張る今年の酉の市

香具師（テキヤ）と言われる家業は、縁日などで食べ物や物品を販売する正業を持つ。ヤクザに任侠道があるように、テキヤは神農道を信奉する。テキヤにとって酉の市は、年の最後のかき入れ時で、姐さんも組の半纏を着て出張る。姐さんが作る焼きそばは、年季が入っているだけに、若い衆が作る物より美味しいに違いない。（吉）

破門状書いて破れば時雨かな

破門状を書く立場なのだから組長であろう。一度は親子の盃を交わした子分が、道に背く行いをした。破門すべきだが、情が移って吹っ切れない。しかし、許せば他の組員に対してしめしがつかぬ。書いては破り、また書き始める。それを、急にバラバラと降り出しては止み、晴れてはまた降り出す「時雨」に例えたのが見事。任侠俳句の白眉である。（吉）

木枯らしやわしらのシノギ守ったる

資金源（シノギ）はヤクザの生命線だ。他の組がちょっかいを出したら、断固として退けなければならない。木枯らしを向かい風として捉え、敵に立ち向かう心意気を表わした句である。「わしら」、「守ったる」と、関西弁を駆使したことで、臨場感が出た。関西弁、広島弁、九州弁は、標準語にない独特のニュアンスがあるので句が引き立つ。（吉）

枯葉舞ふ禿げと白髪の幹部会

　枯葉と同じ十一月の季語に「木の葉髪」がある。木々の葉が落ちるように、人の髪がいつもより多く抜けることをいうのだが、幹部会に出席した古参連中を「禿げと白髪」と揶揄するのは、世代交代を願っている若手幹部であろう。前出の「小春日に〜」の詠み人とはずいぶん違う。「爺さんたちはさっさと引退して、俺たちに跡目を譲れよ」と言いたいのだ。

（吉）

懐にドス凩に立ち向かふ

七五五の変形句が、見事にはまっている。任侠映画の傑作、「人生劇場・吉良常と飛車角」のラストシーンが、凩の中、殴り込みに向かう飛車角（鶴田浩二）の後ろ姿だった。詠み人は懐にドスを隠し持つのだから、誰かを刺しに行くのだろう。立ち向かうのは凩でなく敵なのだ。（吉）

枯葉散る還暦過ぎしヒットマン

ヤクザといっても、金儲けを得意とする者、賭場の仕切りに長けた者、喧嘩などの荒事で真価を発揮する者等々、千差万別である。ヒットマンというのは、その中でももっとも重要で、もっとも孤独な役割である。還暦を過ぎるまで、何度の大きな仕事をしたのだろうか。最後の仕事に向かう老ヒットマンの背に散りかかる枯葉。孤独の肖像である。（藤）

冬座敷手締めの音の響きけり

関東のヤクザの手締めは一本締め。襲名披露か、それとも兄弟盃の場か。なんにしても祝儀事であろう。閑静な冬座敷に手締めの音が響く。組長を襲名した者、または兄弟分の契りをかわした者にとっては、身の引き締まる思いに違いない。場所は本家の大広間か組長宅か。暖房のない「冬座敷」だからこそ音が響くのだ。（吉）

素手喧嘩《ステゴロ》に負けたことなし冬の月

素手喧嘩（ステゴロ）とは、素手による殴り合いのこと。負けたことがないというのだからかなりの猛者である。冬の月は青白く、空気が澄み切っているので鋭い感じがする。凄惨にさえ見える。詠み人の風貌もまた、青白い顔で鋭い目つきなのか。けして強そうに見えないけれど、実は武道の心得がある。月は空手の「突き」と掛けているのかも。（吉）

抗争《でいり》ありわしらは皆《みんな》冬ごもり

上、中を六、六にしたことで、不思議な臨場感が出た。抗争中は外出を控え組事務所に籠るもの。そのために常々から飲料水や非常食などの物資を用意している。作者の組はその状態なのであろう。外出自粛はストレスがたまる。抗争相手がいつ殴りこんでくるかもわからないので、用心にも気を遣う。そんな時に、句を詠む余裕に感服。（藤）

抗争《でいり》中娘と浸かる柚子湯かな

出入りとは他のヤクザ組織との喧嘩である。一触即発の時機を超えて、すでに戦いの火ぶたは切られている。まさに殺るか殺られるかの日常。もしかすると、今夜その運命の一瞬が訪れるかもしれない。そう思えば、まだ幼い娘との入浴もこれが最後かも。おりから季節は冬至。柚子の浮かんだ湯に不覚の涙が落ちたかもしれない。（藤）

初雪を防弾ガラス越しに見る

ガラス扉の向こうに白いものがチラついている。初雪だろうか。ロマンチックな光景ではあるが、ここはヤクザの事務所。当然、この扉のガラスも防弾である。敵対組織の威嚇射撃も跳ね返す硬質ガラス。天から舞い降りる白い天使も、運が悪いものは、このガラスにぶつかって、はかなく散って行く。それもまたモノノアハレではある。(藤)

組長とフグ鍋囲み迷ひ箸

下っ端のヤクザにとってフグ鍋は一冬に一回くらいの晴れの場なのだ。もちろん、フグの身をすぐに食べたい。とはいえ、組長がフグを取らないうちに、自分が取ってしまうのは分をわきまえない行為だ。食の場でも気を抜けない厳しい渡世なのである。（吉）

黒服のマフラー赤き銀座裏

ヤクザも幹部クラスとなれば、銀座に行きつけのクラブが何軒かある。銀座で「黒服」といえば、クラブで働く男性従業員のことだが、この句の黒服は違うのではなかろうか。黒のスーツを着た組員が幹部を迎えに来て、裏通りに車を停めて降り立ったのでは。彼の赤いマフラーを見て詠んだと想像すると面白い。（吉）

明け方にガサ入れされる寒さかな

ガサ入れとは警察の家宅捜査のこと。明け方にヤクザの事務所に家宅捜査というのは、やはり、証拠を隠滅させせないための警察側の思惑にちがいない。明け方に事務所に詰めているのは若いモノだけ。布団を引きはがされ、押し入れの中やベッドの下まで捜査する警察の動きを見ながら、パンツ一枚で寒さに震えている若いモノ。冬の朝の一点景だ。（藤）

冬の朝組員並ぶ刑務所《ムショ》の門

大幹部の出所であろう。刑期を終えた者を組員総出で迎えるのは、それがヤクザにとっては晴れ舞台だからだ。組のために義挙をなして、刑務所入り、そして無事に刑期を勤めあげたことは、男一匹の金看板。居並ぶ若手組員も、憧れ、尊敬の眼差しを主役にそそぐ。寒気厳しい冬の朝でありながら、汗ばむほどの晴れがましさが漂う一句である。（藤）

冬木立からだを張って縄張《シマ》守る

からだを張って、自分たちの組の縄張りを守るのは、当然の事である。その当然の事実に冬木立なる季語が配されているところが味わい深い。冬木立というのは葉も花も落ちて、木の骨格のみ、徒手空拳のイメージがある。それゆえに悲壮感もあり、また、武骨な強さも感じさせる。きっと、縄張りは守られたのだろうと思う。そう思いたい。（藤）

研ぎ上げし刀に映る冬の月

緊張感のある句である。時間をかけ、心を込めて研ぎ上げた日本刀。まさに一刀入魂。その研ぎ澄まされた刃に、冴え返った冬の月が映っている。誰かを斬るために、一刀を研いだのか、それとも、精神統一のための儀礼的な研磨か。この句の真意がどちらかはわからないが、作者の孤独な姿が一句の裏に浮かび上がっている。（藤）

初雪や兄貴転んでみな無言

落語の「雑俳」の一句のような面白さがある。しかし、この瞬間、痛快感と緊張感が同時に走ったことだろう。結句の「みな無言」に作者の万感の思いがこもっている。翻って、この時の兄貴の気持ちは如何なるものか？　複数の弟分を連れて、服装もバリッと決めて、しかし、転倒。とっさに言うべき言葉は何か？　兄貴もまた無言であるほかはない。（藤）

事始どの組長も神妙に

事始とは十二月十三日、この日から正月の準備に掛かる関西地方の習慣だ。京都の芸妓たちが、地唄舞などのお師匠さんの家に挨拶に行くのもこの日。関西の大組織は、本家に直系組長が集まり、トップに挨拶するのが慣わしである。定例の幹部会では笑顔で雑談する組長たちも、事始には神妙な顔で臨む。ヤクザは儀式を重んじる人種なのだ。（吉）

組長がサンタになった聖夜かな

ヤクザも人の子、人の親である。組長は子ども好きで、クリスマスイブには毎年組員の子どもたちを自宅に呼び、サンタクロースの衣装を着て、子どもたちにプレゼントを渡すのが習わし。サンタの笑顔は優しいが、いざとなれば怖いおじさんになるのを組員は知っている。二面性はヤクザの特徴なのだ。下五の「聖夜かな」で俳句らしくなった。（吉）

忘年会組長《おやじ》の歌ふマイウェイ

これはヤクザ社会に限らず、組織であれば、しばしば遭遇する場面かもしれない。それにしても、組織のトップという者は何故かくまで「マイウェイ」を歌いたがるのでありましょうか？　ともあれ、ヤクザ組織の場合は、拍手のしどころを間違えたり、歌を聞かずに退屈顔していたりしたら、命取りになるところが、一般社会とは異なるのだが。（藤）

熊手売る兄貴の声の嗄れて

縁起物の熊手を売るのも大切なシノギの一つである。貴重な現金収入なのだから、現場の担当者の頑張りどころである。とはいえ、ただ騒がしく呼び込めばよいわけではない。必要なのは兄貴の味のある嗄れ声なのだ。「はい、旦那、縁起物だよ。熊手を買っていきなよ」とドスの利いた声で呼びかけられると客も断れない。嗄れ声に年季が入っている。（藤）

座布団の上下で揉める師走かな

組織内での序列を「座布団」と称する。「あいつより座布団が上だ」とか、「座布団が下のくせに」といった使い方をされる。序列が重んじられる世界なので、大組織のヤクザが一堂が会する会合や宴会が多い師走に、席順について揉めることもあるのだ。その結果、抗争事件に発展したケースもあったらしい。（吉）

義理掛けの出銭重なる年の暮

義理掛けというのは、ヤクザ間の冠婚葬祭に出す祝い金、香典などのことである。上部団体に贈るお歳暮もその一つなのかも。襲名披露、葬式があって出費が重なったのに、お歳暮もある。年の暮は一般社会同様、ヤクザも出銭が多いのだ。（吉）

組員の一人も欠けず大晦日

一年間、これといったいざこざもなく、組員の誰もが無事に大晦日を迎えた。家内安全、無事息災。これに勝る喜びはない。組を束ねる若頭クラスの幹部が詠んだ句か。自身も除夜の鐘を聴きながら、女房と水入らずの大晦日を過ごす。まるで落語「芝浜」の夫婦のように。ヤクザにもそんな大つごもりがあるのだ。しみじみとしたいい句である。（吉）

半グレをボコボコにして雪見かな

半グレの不法行為は、ヤクザ側から見れば、シロウトの職場荒らしである。ポッと出の半グレに任侠道の秩序を乱されてはたまらない。発見次第、プロフェッショナルの気概を叩き込んでやるのは当然である。いかに意気がっても、半グレは半グレ、本職の敵ではない。本職の凄みを存分に思い知らせた後の雪見ほど粋で鯔背《いなせ》なものはない。（藤）

命より重き代紋松飾る

ヤクザにとって、組の代紋はまさに命よりも重たい。たとえば、山口組の山菱の代紋は良く知られている。代紋は英語で言えばエンブレムであるが「うちの組のエンブレム」等と口走ったら、しばかれることは必定。松飾にも代紋が配されているということは、歴史の長い組織であり、日本という国の伝統を重んじる組であることの証明である。（藤）

姐さんの心尽くしの雑煮喰ふ

任侠界において、組は一つの家族である。組長が父親で、その妻または内妻の姐さんは母親だ。正月元旦、組員全員が集まり、姐さん手作りの雑煮を食べる。その光景は、まさに大家族であり、結束の固さを窺わせせる。元句の下五は「雑煮食う」であったが、私が「喰ふ」に直した。（吉）

先代の遺影に誓ふ明の春

年の始め、組長以下幹部が仏壇の前に座して、先代組長の遺影に手を合わせる。いかめしい顔の遺影は、常に組員たちの言動を見ているようだ。ヤクザには厳しいこのご時世、組の運営には一瞬たりとも気が抜けない。組長が誓ったのは、組の隆盛と先代から預かった組員の命を守ること、ではないだろうか。正月の季語、明の春がいい。（吉）

書き初めや任侠道と太く書く

太い筆で一気に書き上げる「任侠道」の語。新年の晴れの行為である。「任侠道」と「書道」は同じ道であり、意外と親和性が深い。たとえば、親子や兄弟の盃ごとに伴う招請状や誓詞の文字は、やはり機械文字というわけにはいかない。破門状もそうである。書道に熟達することは、ヤクザの世界では効果的な腕っぷしの披露なのである。（藤）

正月や若頭《かしら》着物で颯爽と

ヤクザも幹部になると、冠婚葬祭には黒紋付きに羽織、袴を身に付ける。組のナンバーツーの若頭《がしら》ともなれば、着る機会が多いので、実に似合って貫禄が増す。若い組員には「颯爽と」見えたのであろう。そういえば、高倉健、鶴田浩二、若山富三郎など、任侠映画のスターは、黒紋付きがよく似合ってカッコ良かった。（吉）

初夢は襟に付けたる金バッヂ

盃をもらい、組員になったからには、誰もが望むのは組内での出世である。襟に付ける金バッヂは幹部の証。下っ端の若者が、幹部になった初夢を見たという句で、なかなか頼もしい。戦後、渋谷を縄張りにした安藤組組長、安藤昇は、組員全員にグレーのスーツを着させた。当然、襟には組のバッヂを付けた。まさにヤクザのダンディズムである。（吉）

理不尽に耐えるが修業寒の梅

寒さに耐えて蕾をほころばす寒の梅。その姿を修業中の我が身に投影させた句。「理不尽に」という上五が生きている。どんな世界でも、修業には理不尽が付き物である。私が顧問を務めた落語立川流でも、家元の立川談志師匠は、理不尽を承知で弟子に無理難題を言いつけていた。理不尽に耐えるのが修業だとわからせたかったのだ。（吉）

義理掛けに意地を通して冬の梅

前述したように、義理掛けとは、ヤクザ社会における付き合いで、当然のことながら祝儀、不祝儀かかわらず現金を包むのが礼儀だ。その額はけして半端でなく、少なければ面目を失う。内所は苦しくとも意地を通す。そんな我が身を、凛と咲く冬の梅に重ねた秀句である。（吉）

寒桜老いたるヤクザ意地を張り

この句は季語の寒桜の選択が絶妙な効果をあげている。厳寒の最中に健気に花をつける寒桜の意地と生涯を任侠の道にささげてきた老いたヤクザ者の意地とが、美しく照応しているのだ。また、寒桜は染井吉野などのように群れて咲くのではなく、孤立して咲いているイメージがある。こういう点でもまた、老渡世人の孤立無援の意地を貫いた姿にも重なってくる。（藤）

厳寒の朝解散を宣言す

最後が「宣言す」となっているので、この句は自ら組の解散を宣言する組長が作った俳句だろうか。宣言する方も、聞かされる方も精神的には緊張の極みと言えよう。おりしも厳寒の朝である。一つの組の存続にピリオドが打たれる。解散宣言を聞いて、すすり泣いている古参組員もいるだろう。これからの身の振り方に途方に暮れる若い者も居よう。玉音放送にも似た厳粛な瞬間である。（藤）

あとがき

八九三の五七五の作品鑑賞を書いて、俳句というのは日本人の精神の根底に巣食う詩精神の発露なのだとつくづく思った。

俳句というのは日本語をしゃべり、読み、書くことができる人ならば、誰でも作ることができる詩の形式なのである。この本が八九三の五七五であるように、その人の職業も社会的な立場も関係なく、俳句を作ろう！　という思いを抱きさえすれば、五七五の言葉が、アタマの中に浮かびあがってくるはずだ。

ウソだと思ったら。ぜひ、試してみてほしい。七音、五音の言葉はいたるところにあるから、俳句の断片みたいなものはすぐにできるはず。たとえば、国歌の「君が代」も「君が代は／千代に八千代に」と五七の言葉で始まるし、童謡も「海は広いな／大きいな／月は昇るし／日は沈む」の「海」や歌謡曲も「あなた変わりは／ないですか／日毎寒さがつのります」の「北の宿から」など完全な七五調だ。日常の生活の中にも「この土手に／上るべからず／警視庁」といった標語や「秋ナスは／嫁に食わすな」、「弘法も／筆の誤り」等々のことわざは五七調。このように、私たちが意識せずに使っている日本語には、七五調と五七調が実はみちあふれているのだ。それゆえに、ふだん日本語をしゃべっている人であれば、五七五の俳句をつくることは決して難しくない。

このことを別の視点から裏付けてくれる事実がある。各新聞に設けられている俳句と短歌の投稿欄だ。朝日、読売、毎日、日経といったわが国を代表する新聞には、毎週一回、俳句、短歌の投稿欄が設けられ、多くの読者の俳句や短歌が掲載されている。このようなクオリティペーパーだけではなく、地域地域を代表する北海道新聞や沖縄タイムズといった、いわゆる地方紙にも必ず俳句、短歌の投稿欄はある。これは日本人が如何に俳句、短歌が好きで、それに親しんでいるかの証拠だろう。ついでに言えば、こういう投稿欄は日本にだけあるシステムであり、外国の新聞では、一般市民が作った詩が紙面に掲載されるなどということは、考えられないことなのである。

この本に収録されている五七五＝俳句に少しでも共感をおぼえた方には、ぜひ、ご自分でも俳句を作ってみることをお勧めしたい。

藤原　龍一郎

編集　原田英子
装幀　山家由希

—— 著者略歴 ——

吉川 潮（よしかわ うしお）

1948年生まれ。立教大学卒業後、放送作家、ルポライターを経て演芸評論家に。1980年、小説家としてデビュー。芸人や役者の一代記のみではなく数々の辛口エッセイで世間を騒がせる。著書に『江戸前の男―春風亭柳朝一代記』（第16回：新田次郎文学賞受賞）、『流行歌 西条八十物語』（第18回：尾崎秀樹記念・大衆文学賞［評論・伝記部門］受賞）、顧問を務めた立川流の家元・立川談志を描いた『談志歳時記―名月のような落語家がいた』（3作共に新潮社）、『爺の暇つぶし―もてあます暇をもてあます極意、教えます』、『毒舌の作法―あなたの“武器”となる話し方&書き方、教えます』、『我が愛しの歌謡曲』（3作共にワニプラス新書）、『いまも談志の夢をみる』（光文社）など多数。

藤原龍一郎（ふじわら りゅういちろう）

1952年生まれ。歌人、俳人。歌誌「短歌人」元編集人。元日本歌人クラブ会長。石岡市図書館文化アドバイザー。浪人中の1970年に中井英夫の『黒衣の短歌史』を読み、塚本邦雄、春日井建、寺山修司などの前衛短歌に衝撃を受ける。慶應義塾大学に入学するが、寺山と早稲田大学短歌会に憧れて再受験し、早稲田大学第一文学部文芸科を卒業。大学卒業後はニッポン放送に入社し、ラジオディレクターとして「高田文夫のラジオビバリー昼ズ」ほかヒット番組を多く育てた。その後フジテレビジョン、扶桑社に転籍。1990年に「ラジオ・デイズ」で第33回短歌研究新人賞受賞。2010年から9年にわたって「短歌人」編集人を担当。藤原月彦の名義で赤尾兜子に師事した俳人でもある。著書に『楽園 歌集（角川短歌叢書）』（角川書店）、『藤原龍一郎集』（ 邑書林）、『藤原龍一郎歌集』（砂子屋書房・現代短歌文庫）、『藤原月彦全句集』（六花書林）、『202X』（六花書林）、『寺山修司の百首』（ふらんす堂）など多数。

任侠俳句《にんきょうはいく》——八九三《ヤクザ》の五七五《ゴシチゴ》

2023年12月10日　第1刷発行

著　者　吉川　潮・藤原龍一郎

発行者　飯塚行男

発行所　株式会社 飯塚書店

〒112-0002　東京都文京区小石川5-16-4

TEL 03-3815-3805 FAX 03-3815-3810

http://izbooks.co.jp

印刷・製本　モリモト印刷株式会社

Printed in Japan

ISBN978-4-7522-6037-0